ABD AL MALIK

Le jeune Noir à l'épée
Récit poétique

PHOTOGRAPHIES DE
FABIEN COSTE

Présence Africaine M'O Flammarion

La culture est l'effort vital par lequel chaque peuple, chaque homme par ses expériences et ses aspirations, son travail et sa réflexion, construisent un monde qui s'emplit de vie, de pensée et de passion, et apparaît plus assoiffé que jamais de justice, d'amour et de paix. Notre tâche primordiale est de faire de notre culture une puissance de libération et de solidarité, en même temps que le chant de notre intime personnalité.

Alioune Diop

La grande affaire de la vie, c'est la mutuelle compréhension.

Amadou Hampâté Bâ

Ce n'est pas si facile de devenir ce qu'on est, de retrouver sa mesure profonde.

Albert Camus

EN S'ASSOCIANT, pour la première fois, à l'occasion de l'exposition « Le modèle noir de Géricault à Matisse » dans laquelle s'inscrit le présent récit poétique d'Abd Al Malik, la maison d'édition Présence Africaine et le musée d'Orsay franchissent une nouvelle étape dans leur long itinéraire commencé il y a tout juste soixante-dix ans pour la première et plus de trente ans pour le second.

Une telle association n'a rien d'incongru : la mission du musée n'est-elle pas de montrer, dans toute sa diversité, la création artistique du monde occidental de 1848 à 1914 ? Or, c'est bien à ce monde « occidental » que la maison d'édition Présence Africaine ambitionne d'accéder, depuis sa création en 1949, en vue de lui faire entendre à travers ses livres un autre monde : le Monde noir, celui d'hier et d'aujourd'hui, d'Afrique et de la diaspora africaine, où qu'elle se situe.

Abd Al Malik, né à Paris, fait partie de cette diaspora, lui dont les parents, originaires du Congo, sont venus s'installer en France il y a quelques décennies. Dans son récit poétique qu'il a intitulé *Le jeune Noir à l'épée*, en référence au tableau peint en 1850 par Pierre Puvis de Chavannes, il s'identifie au « modèle noir » de cette œuvre et nous livre son témoignage de Français dont une partie de la jeunesse, semée d'écueils – délinquance, drogue, prison – malgré un brillant parcours scolaire, s'est déroulée dans une cité HLM de Strasbourg. Par la voix du « Jeune homme noir », et à partir de quatre tableaux figurant dans l'exposition, – *Étude de Nègre* de Théodore Chassériau, *Jeune Noir à l'épée* de Pierre Puvis de Chavannes, *Olympia* et *Portrait de Jeanne Duval (La Maîtresse de Baudelaire)* d'Édouard Manet –, Abd Al Malik illustre son récit, aux accents parfois glissantiens, de poèmes rappés, repris en partie dans le CD joint, et d'extraits des *Fleurs du mal* de Charles Baudelaire. Il nous invite à naviguer dans son univers où cohabitent le Congo de ses rêves, sa cité strasbourgeoise, sa vie dans la rue avec sa bande, mais aussi, le spectacle tragique des migrants morts en Méditerranée et de tous les « gens du voyage ». Il nous livre aussi sa vision, après une rencontre fulgurante avec la gnose, de la beauté, de l'amour, de la cité idéale...

Le jeune Noir à l'épée d'Abd Al Malik fait donc écho aux objectifs des pionniers de la maison Présence Africaine, notamment de son fondateur Alioune Diop qui écrivait dans le premier numéro de la revue du même nom, en 1947 :

« Le Noir qui brille par son absence dans l'élaboration de la cité moderne, pourra, peu à peu, signifier sa présence en contribuant à la recréation d'un humanisme à la vraie mesure de l'homme. » Dans le même opus, André Gide, déclarait : « Nous comprenons aujourd'hui que ces méprisés d'hier ont peut-être, eux aussi, quelque chose à dire ; qu'il n'y a pas seulement à chercher à les instruire, mais encore à les écouter. »

Écoutons donc ces modèles noirs. Écoutons Abd Al Malik.

Suzanne Diop
co-directrice
des Éditions Présence Africaine

Laurence des Cars
présidente des musées
d'Orsay et de l'Orangerie

PRODROME

JEUNE NOIR À L'ÉPÉE

Pierre Puvis de Chavannes *Jeune Noir à l'épée* [1848-1849] huile sur toile, 105 × 73 cm. Paris, musée d'Orsay

J'ai dix-neuf ans et je suis noir. Ceux qui ont l'œil du cœur ouvert savent bien que la couleur n'est qu'un jeu de lumière. Une réfraction qui a eu lieu à un moment plus ou moins précis de notre histoire collective. Et cette réfraction a pris corps. Est devenue une idée, un rayonnement électromagnétique qui a franchi le champ du phénomène physique, pour devenir un concept dont on parle dans les livres savants, les faits divers sanglants, les films aux succès obscurs, les vidéos sur YouTube et les disques de rap dématérialisés.

Difficilement localisable, dans le temps et dans l'espace, cette déviation déambule au gré des mythes fondateurs – et destructeurs – des royaumes, des empires, des républiques souveraines, des puissances dites civilisatrices, et des différents artistes qui, de manière plus ou moins innocente, en ont fait et défait la chronique.

Le concept de couleur de peau, de cette altérité-là, n'a pas toujours existé, c'est sûr. Et n'a sans doute pas été créé au départ pour décrire et définir l'inhumain. Mais qu'importe. Par suite de cette longue construction du regard, la couleur à présent existe bel et bien. Et je suis noir. Et chacun sait ce que cela implique dans le monde où nous vivons.
J'ai pris une peine de vingt mois de prison, un peu à cause de tout cela. Parce qu'une fois les choses, même complexes, expliquées, tout finit toujours par tomber sous le sens. Il n'est pas rare en effet, toutes couleurs confondues, de prendre une peine aussi longue pour un vol de voiture. Mais dans mon cas, le prononcé de cette sentence fut plus que discutable. Il serait trop long de vous le démontrer. Ce qui compte, c'est d'où je vous

parle ou plutôt d'où je vous écris. Je vous écris de ma cellule. De la prison. Et qui dit prison, dit absence de liberté. Cependant, cette absence de liberté, je ne la ressens plus depuis que j'écris. Au contraire, depuis ma décision de me voir comme un autre pour écrire plus justement sur moi-même, ma liberté me semble totale.

«C'est le temps de la vérité et de la justice» a dit doucement, comme en se parlant à lui-même, mon avocat commis d'office, avant de commencer sa plaidoirie, l'avant dernier jour de mon procès. Je ne cesse depuis de porter ces deux mots dans mon cœur: VÉRITÉ et JUSTICE. À vrai dire, j'ignore pourquoi ces mots m'ont à ce point impacté alors qu'ils n'avaient jamais eu la moindre réalité dans mon quotidien. C'étaient plutôt les mots MENSONGE et INJUSTICE, qui structuraient ma vie d'aussi loin que je me souvienne; et ce renversement de valeurs vécu (il m'est désormais impossible de concevoir mon existence autrement) faisait de moi un homme honnête. Et ma présence nonchalante dans l'enceinte même de ce tribunal en était la preuve patente. Et aucune des lourdes larmes versées par ma mère, une fois la sentence tombée, n'allait me bousculer aussi violemment que ces mots grommelés pour lui-même, dans une métamorphose fugace, par l'avocat sans envergure mis à ma disposition.

Ayant perçu ce jour-là l'indicible, je pris la lourde décision d'en parler ou plus précisément de l'écrire. Très lourde décision, car il n'est pas aisé de dévoiler ce qui s'apparente au secret, ni de vivre en sachant qu'on est déjà mort, ni encore de se considérer dans l'au-delà bien que matière tout en ayant la preuve tangible qu'on est devenu pur esprit.

Né dans un monde inversé, j'allais éclore à nouveau, mais à moi-même en prenant, cette fois et pour la première fois, sensiblement conscience qu'à chacun de nous, un rôle est imparti. Et le mien était d'avoir pleinement conscience de mon existence, de ma révolte et de ma liberté. Tandis que ma métamorphose se produisait, le monde, qu'inconsciemment je divinisais, lui, restait le même. Je prenais l'inconfortable posture de la droiture dans un monde bancal ou, tout étant relatif, celle de la contorsion dans un monde soi-disant inaltérable.
La mort, sous ses formes multiples et variées, est l'unique façon de répondre à cette contradiction, me suis-je dit d'abord. Et c'est bien cette mort que je vivais jusque-là. Mais le bouleversant rayon de soleil matinal qui m'avait tiré du fond de ma cellule, me faisait à présent concevoir les choses différemment.

Le chemin qui conduit à la vie, à la lumière du soleil, se présentait sous une double vision : celle engageant mon corps et celle touchant mon esprit. La révolte devenait pour moi une nécessité ; car je ne pouvais continuer à vivre dans l'insouciance propre à mon ancienne vie, menant inéluctablement à la mort. Désormais, en écrivant, je m'évertuais physiquement à suivre un rayon qui me conduisait sûrement vers le centre de ce soleil. Ce lieu où, je le sentais de plus en plus puissamment, alchimiquement, mes ridicules matériaux se transmutaient en précieux évanescent. Et je ne me demandais plus si c'était l'esprit qui était dans la matière ou si la matière était dans l'esprit. Il faut dire que jusque-là, chacun de mes actes refusait aveuglément l'ouverture sur une autre forme de vie à la fin de l'existence, ignorant que j'étais alors, hébété, alourdi par le poids d'un narcissisme allégeant paradoxalement mes épaules.

Dès lors, comme tous les poètes, me disais-je, j'allais finir ma vie à extraire l'esprit de la matière. Je ne m'étais jamais intéressé à moi-même avant cet épisode, ou en tout cas pas de la bonne manière. Je m'interrogeais à présent et cherchais absolument à me trouver. Et au fond, j'étais précisément en train de le faire dans l'éblouissement de ce précieux moment. Je faisais table rase et remontais littéralement à la surface de moi-même, comme un plongeur en apnée quittant les ténèbres des profondeurs, pour rejoindre le dernier rideau d'eau qui le sépare de la lumière, moi dont tout le monde prévoyait la noyade. Je ne crois pas qu'on puisse jamais être prisonnier quand on expérimente cette délivrance. Et une fois cette porte intérieure ouverte, plus aucun lieu n'est en mesure de vous contenir.

La question du Temps – des âges écoulés sur la surface de la Planète – comme instrument de mesure de la sagesse, n'avait plus pour moi la moindre pertinence, puisque le Monde, qui est son corollaire, avait été sous mes yeux, dans ce foudroyant moment de lucidité, définitivement déchu de sa grandeur divine. Il s'agissait à présent pour moi d'*être*. Il n'y avait plus rien à *vouloir*. Dans cet état de mon être, lire *Les Fleurs du Mal* et les *Petits Poèmes en prose,* s'est apparenté à un regard longuement posé sur le rétroviseur d'une vie courte et jusque-là ratée. La relecture de ce recueil de poèmes de Baudelaire approché au lycée deux ans plus tôt, « ce cri désespéré d'une âme qui ne veut pas sombrer », comme le soulignait, avec un œil pétillant, mon professeur de lettres, latin et culture religieuse, M. Jacques Miry, m'évoquait des tragédies individuelles qui se jouaient collectivement, au quotidien entre revendeurs de shit et de cocaïne dans ma cité HLM, qui elle n'avait de grec que ses kebabs et ces mini-remakes incessants de *Guerres du Péloponnèse*, causes indirectes de mon envoi au trou dans lequel un juge avait promis de me voir croupir pendant vingt mois.

Mais cette poésie remplie de méditations sur l'enfer et l'amour ne pouvait à elle seule finir ma métamorphose. C'est que celle-ci ne concernait que mon passé, et à peine mon présent de jeune taulard bouffi de regrets intempestifs, d'évasions impossibles et de masturbations compulsives.

Ma scolarité brillante n'a rien empêché, même pas étonné ceux, nombreux, qui s'extasiaient devant mes «facilités intellectuelles». Et puisque les rappeurs américains, qui savent toujours de quoi ils parlent, semblaient nous dire, à travers des refrains à la mélodie lunaire et à la rime répétitive, que le crime et les déviances en général étaient nos atavismes, j'hésitais entre devenir Tony Montana, Pablo Escobar ou souteneur de gamines qui se prostituent occasionnellement pour se payer un joli sac à main.

En somme, si je m'étais contenté de cette seule poésie pour alimenter la conscience nouvelle qui prenait possession de moi, elle m'aurait laissé en suspens entre nostalgie et dégoût de moi-même.

Je refusai de rester enfermé dans une seule dimension temporelle et c'est ce qui, finalement, m'a décidé à écrire. Pas tant sur moi, que sur mon récit de vie, sur mon roman personnel. Je ressentais la nécessité d'un roman éclaté puisque ma vie entière n'était qu'*éclatement.* C'est alors que j'ai pensé tout naturellement à Édouard Glissant et à son *Traité du Tout-Monde* que j'avais lu longtemps auparavant, en me lançant dans de la prose sur un gros cahier à spirales Clairefontaine. J'ai cantiné son livre et quand celui-ci est arrivé, j'avais déjà griffonné, ici et là, sur l'idée que mon histoire était intimement liée à celle des paysages réels et idéalisés qui m'avaient vu grandir, et que par conséquent mon récit intime ne pouvait se raconter que par *fragments*.

Le fait d'être né et d'avoir grandi exclusivement à Strasbourg, capitale européenne, et de n'en être jamais sorti, même pour des vacances, faisait de moi un cas à part (mais pas unique) dans la cité HLM où je grandissais. Mes parents ne m'avaient jamais parlé dans leur langue d'origine, alors que mon alsacien était, lui, plus que correct. Et s'il est certain qu'ils m'avaient transmis, d'une manière ou d'une autre, une poétique directement issue de la tradition africaine dans laquelle eux-mêmes avaient grandi, celle-ci était porteuse d'une émotion neuve liée au contexte même de cette transmission, une émotion « occidentale », bien que contenant de l'*ailleurs*.

Ce matin j'ai compté. Ça fait trois mois que j'écris presque *non-stop* et j'ai l'impression que j'ai commencé hier. Je me suis dit en me réveillant qu'il fallait que je mette de l'ordre dans mes écrits, que j'essaie d'ordonner tout ça, pour que ce soit lisible par autre que moi. Sait-on jamais...

J'ai entendu un jour à la télé Patrick Chamoiseau parler de « traces mémoires » et je me suis demandé comment et où l'on pouvait ordonner, ranger de manière méthodique, ces petites choses, cet immatériel (la tour de mon enfance qui avait été détruite ou les noms des rues qui avaient changé, où l'on avait été rabatteurs, par exemple).

Je me suis dit aussi que si me raconter sans un début, un développement et une fin n'avait rien d'original dans les poétiques modernes, depuis James Joyce, c'est moi au fond, en tant qu'être, et non pas ma façon d'écrire, qui était nouveau. Flambant neuf même parce que s'entrechoquaient dans ma poitrine l'Afrique, l'Europe et l'Amérique, l'animisme, le catholicisme et l'islam, la rue, le savoir, le hip-hop et l'argent. Cette trajectoire humaine qui n'était possible qu'en ce XXIe siècle, et pas seulement en raison des réseaux sociaux, nous rendait tout à la fois bien plus autochtones et ô combien plus cosmopolites que l'auteur du fameux *Ulysse*.

C'est à travers le prisme de ces traces de lumière que j'éprouvai tout autour et à l'intérieur de moi, le besoin de me connecter à tous et faire enfin peuple avec tous ceux dont nous avions déjà, depuis longtemps, le même imaginaire en partage, dans mon propre pays, la France, mais également en Europe, sans jamais me couper, ni de mes origines africaines, ni de l'influence du reste du monde ; cette connexion ayant pour base ce patrimoine que forme notre humaine condition.

Ne plus jamais opposer l'essentiel à l'urgence d'une situation, même dramatique, mais saisir l'actualité permanente de l'urgence de l'essentiel. Parce que s'il nous faut tous vivre sous un toit, nous nourrir et nous vêtir, il nous faut également lire, rire et espérer. ● ● ●

TRIUMPH

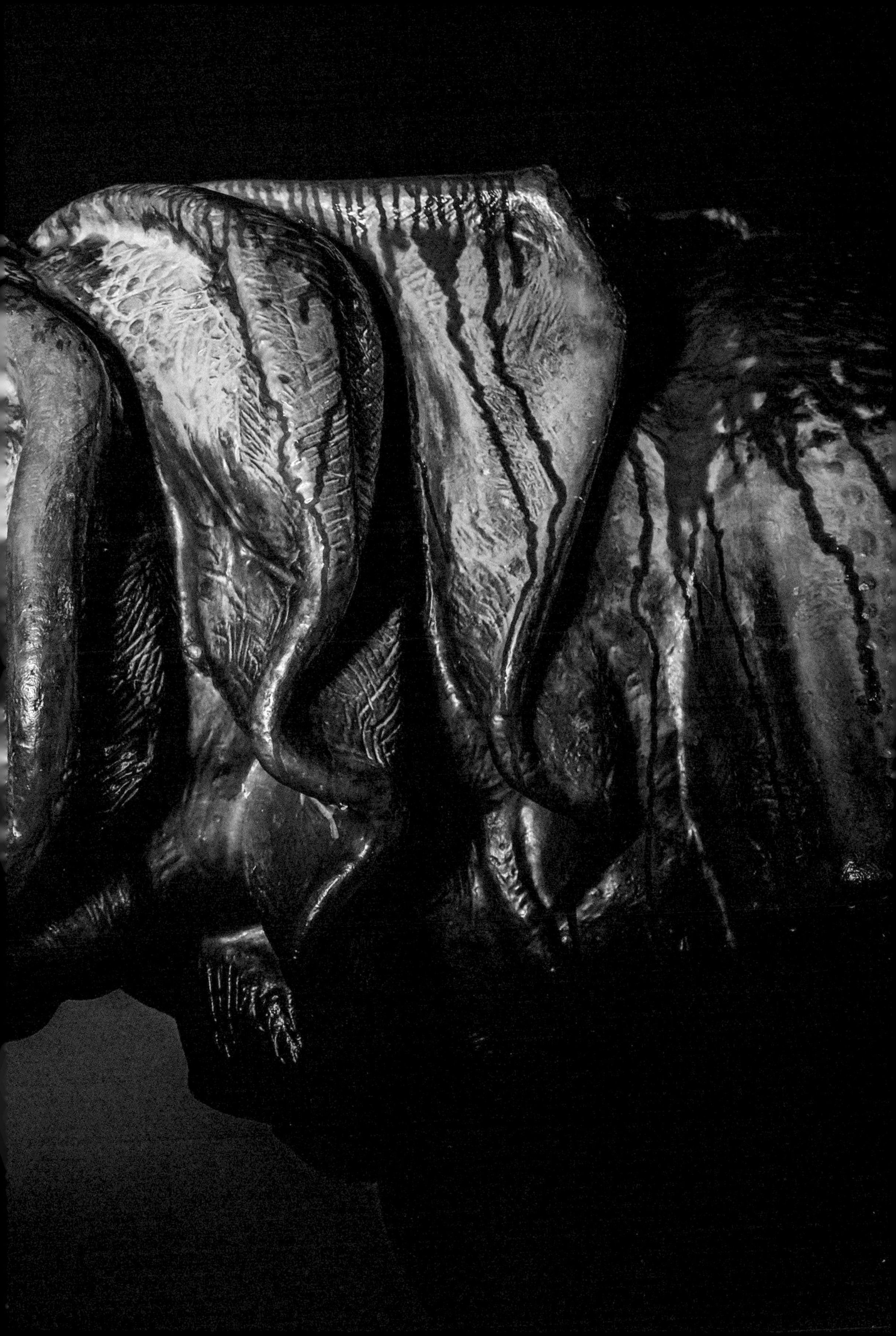

LA
TERRE
LE FEU
L'EAU
ET LES
VENTS
ÉDOUARD GLISSANT
LA TERRE LE FEU L'EAU ET LES VENTS

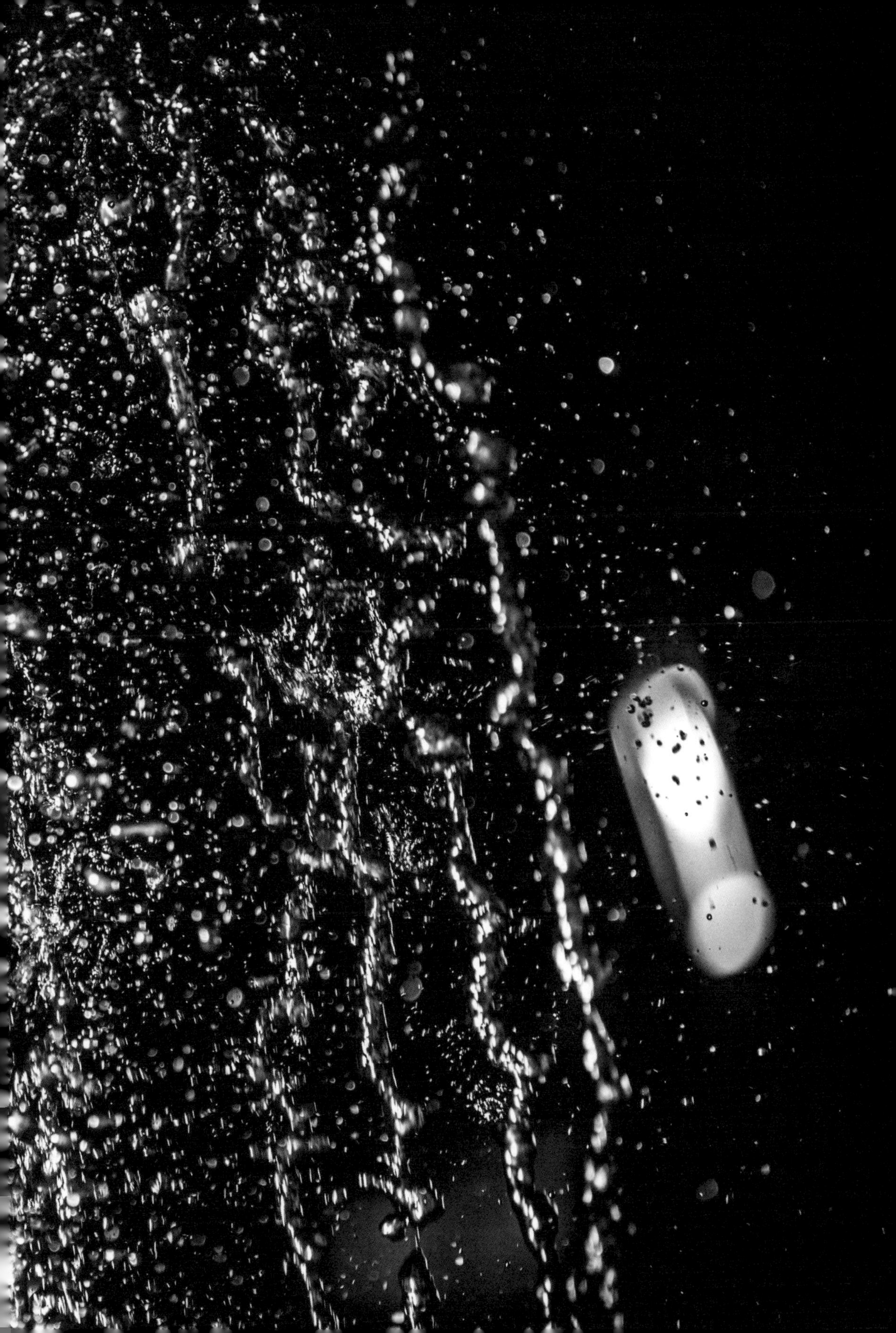

Boshoá

Boshra *Les Migrants* [2018] peinture sur bois, 74 × 90 cm. Paris, collection Coste

« Il faut que nous prenions conscience de ceci : notre lieu est irremplaçable. Nous ne flottons pas en l'air comme ça. C'est une absurdité de croire que je pars, que je n'ai pas de lieu... Notre lieu est irremplaçable. Il est incontournable. Mais il est incontournable aussi parce que je ne peux pas en faire le tour, c'est-à-dire que je ne peux pas l'enfermer dans une muraille, et que si je l'enferme dans une muraille, il cesse d'être mon lieu, il est tout simplement mon retirement, mon enfermement, il n'est plus mon lieu. Par conséquent le lieu c'est le rapport, pour moi, entre l'ici et l'ailleurs, entre le dedans et le dehors... Il n'y a pas de solution qui puisse remplacer la conscience du changement de l'imaginaire qui est nécessaire au devenir de notre monde. »

Édouard Glissant
Dialogue avec
Hans Ulrich Obrist
modéré par
Nicolas Truong
Le Théâtre des idées –
Festival d'Avignon, 2005

I. ÉTUDE DE NÈGRE

Bénédiction

Charles Baudelaire

Lorsque, par un décret des puissances suprêmes,
Le Poète apparaît en ce monde ennuyé,
Sa mère épouvantée et pleine de blasphèmes
Crispe ses poings vers Dieu, qui la prend en pitié :

« Ah ! que n'ai-je mis bas tout un nœud de vipères,
Plutôt que de nourrir cette dérision !
Maudite soit la nuit aux plaisirs éphémères
Où mon ventre a conçu mon expiation !

« Puisque tu m'as choisie entre toutes les femmes
Pour être le dégoût de mon triste mari,
Et que je ne puis pas rejeter dans les flammes,
Comme un billet d'amour, ce monstre rabougri,

« Je ferai rejaillir ta haine qui m'accable
Sur l'instrument maudit de tes méchancetés,
Et je tordrai si bien cet arbre misérable,
Qu'il ne pourra pousser ses boutons empestés ! »

Elle ravale ainsi l'écume de sa haine,
Et, ne comprenant pas les desseins éternels,
Elle-même prépare au fond de la Géhenne
Les bûchers consacrés aux crimes maternels.

Pourtant, sous la tutelle invisible d'un Ange,
L'Enfant déshérité s'enivre de soleil,
Et dans tout ce qu'il voit et dans tout ce qu'il mange
Retrouve l'ambroisie et le nectar vermeil.

Il joue avec le vent, cause avec le nuage,
Et s'enivre en chantant du chemin de la croix ;
Et l'Esprit qui le suit dans son pèlerinage
Pleure de le voir gai comme un oiseau des bois.

Double-page précédente **Théodore Chassériau** *Étude de Nègre (le modèle Joseph)* [1839] huile sur toile, 54,8 × 73,5 cm. Montauban, musée Ingres

Tous ceux qu'il veut aimer l'observent avec crainte,
Ou bien, s'enhardissant de sa tranquillité,
Cherchent à qui saura lui tirer une plainte,
Et font sur lui l'essai de leur férocité.

Dans le pain et le vin destinés à sa bouche
Ils mêlent de la cendre avec d'impurs crachats ;
Avec hypocrisie ils jettent ce qu'il touche,
Et s'accusent d'avoir mis leurs pieds dans ses pas.

Sa femme va criant sur les places publiques :
« Puisqu'il me trouve assez belle pour m'adorer,
Je ferai le métier des idoles antiques,
Et comme elles je veux me faire redorer ;

« Et je me soûlerai de nard, d'encens, de myrrhe,
De génuflexions, de viandes et de vins,
Pour savoir si je puis dans un cœur qui m'admire
Usurper en riant les hommages divins !

« Et, quand je m'ennuierai de ces farces impies,
Je poserai sur lui ma frêle et forte main ;
Et mes ongles, pareils aux ongles des harpies,
Sauront jusqu'à son cœur se frayer un chemin.

« Comme un tout jeune oiseau qui tremble et qui palpite,
J'arracherai ce cœur tout rouge de son sein,
Et, pour rassasier ma bête favorite,
Je le lui jetterai par terre avec dédain ! »

Vers le Ciel, où son œil voit un trône splendide,
Le Poète serein lève ses bras pieux,
Et les vastes éclairs de son esprit lucide
Lui dérobent l'aspect des peuples furieux :

– « Soyez béni, mon Dieu, qui donnez la souffrance
Comme un divin remède à nos impuretés
Et comme la meilleure et la plus pure essence
Qui prépare les forts aux saintes voluptés !

« Je sais que vous gardez une place au Poète
Dans les rangs bienheureux des saintes Légions,
Et que vous l'invitez à l'éternelle fête
Des Trônes, des Vertus, des Dominations.

« Je sais que la douleur est la noblesse unique
Où ne mordront jamais la terre et les enfers,
Et qu'il faut pour tresser ma couronne mystique
Imposer tous les temps et tous les univers.

« Mais les bijoux perdus de l'antique Palmyre,
Les métaux inconnus, les perles de la mer,
Par votre main montés, ne pourraient pas suffire
À ce beau diadème éblouissant et clair ;

« Car il ne sera fait que de pure lumière,
Puisée au foyer saint des rayons primitifs,
Et dont les yeux mortels, dans leur splendeur entière,
Ne sont que des miroirs obscurcis et plaintifs ! »

• • • Est-ce ce jeune homme noir bientôt Poète, pour l'heure dans le ventre de sa mère, qui allait le mieux connaître l'injustice ? Lui, qui allait voir le jour dans la banlieue de ce centre-ville, ce ventre vil, où sa mère où son père, fuyant l'Afrique, avaient atterri, comme tant d'autres aveuglés par l'Occident ? • • •

Atrio

RÉPUBLIQUE DÉMOCRATIQUE

Aveuglé à chaque fois qu'un problème humain
est remplacé par un problème politique,
À l'aveugle marche l'homme face à une histoire devenue folle.
Aveuglé on ne peut simplement pas vivre dans les contradictions,
ni en tout cas, y vivre l'esprit tranquille.

À l'aveugle, comment lutter pour la paix quand l'époque déraisonne ?
Aveuglé si l'on croit qu'être pacifiste est confortable
au milieu du bruit des bottes,
À l'aveugle on mène la guerre quand on ne fait pas la guerre à la haine.
Aveuglé si l'on ne devance pas l'Histoire au lieu d'être à sa remorque.

Poto, j'ai retrouvé mon cœur,
Et ce furent de magnifiques retrouvailles,
Moi qui pensais que la rancœur me tenait en tenailles.
C'est ce que m'a fait croire pendant tout ce temps la peur.

Poto, j'ai retrouvé la vue.
Et si c'est vrai que le monde se délite,
Moi je ne pleure plus ;
C'est qu'il ne faut rien ajouter à cette misère qui se dilate.

C'est Ponce Pilate, c'est Ponce Pilate,
C'est Ponce Pilate qui s'en lava les mains en premier.
Et maintenant ces derniers sont dans le déni, vieilles canailles.
Vieilles canailles. Au fond tout cela est logique,
Tenant et aboutissant de la République.

Aveuglé par notre couleur de peau, lorsqu'elle relègue
    notre humanité au second plan,
À l'aveugle vit celui qui confond l'être et son vêtement.
Aveuglé d'agir comme si les intentions se suffisaient à elles-mêmes,

À l'aveugle, comment se douter que les actes ne valent
    que par leurs intentions ?
Même aveuglé, il reste cette complexité identitaire à gérer :
À l'aveugle même, on ne peut faire fi des passerelles à lancer,
Aveuglé par des privilèges qu'on croit être la normalité.
À l'aveugle on maintient notre semblable qu'on feint de considérer.

Poto, j'ai retrouvé l'amour,
Et ce furent d'impossibles retrouvailles ;
Moi qui croyais que ce mal n'était qu'un détail ;
C'est qu'il ne faut faire aucun détour en amour.

Poto, j'ai retrouvé l'abus,
Et si je ne pense rien, je n'en dis pas moins
Moi qui n'en peux déjà plus.
C'est ce qu'on est au fond qui fait surface.

C'est Bonaparte, c'est Bonaparte,
C'est Bonaparte qui de nouveau esclavagea
La grandeur d'esprit soumise vaille que vaille ;
Vaille que vaille, il se perpétue le carnage,
Quand c'est le demi-sourire de Joséphine
Qui célèbre la République.

C'est un non-sens ; l'injustice m'a cramé depuis l'enfance comme de l'essence.
C'est essentiel qu'on puisse dire au monde le fond de notre souffrance.
Si je deviens mon propre ennemi, c'est sale.
Est-il brave celui qui est devenu sa propre entrave ?
Graves sont ceux qui bicravent au détriment de ceux qui en bas en bavent,
Se font maraver, cadavérer. Je suis navré,
Obligé de lever ma propre armée ;
Désormais désarmés ceux qui ne pensent qu'à normer normal.
Je kicke trop truc de ouf...
Flow flot bulletproof...

Poto, j'ai retrouvé mon cœur,
Et ce furent de magnifiques retrouvailles,
Moi qui pensais que la rancœur me tenait en tenailles,
C'est ce que m'a fait croire pendant tout ce temps la peur.

Poto, j'ai retrouvé la vue,
Et si c'est vrai que le monde se délite,
Moi je ne pleure plus.
C'est qu'il faut rien ajouter à cet éphémère qui trompe.
C'est Donald Trump, c'est Donald Trump,
C'est Donald Trump qui assigna à identité fixe,
Vu que maintenant le monde se shoote au populisme, pauvres toxicos !
Pauvres toxicos ! Mais qui donc met réellement en péril la République ?

FLAGRANT DÉLIRE

Je sais bien qu'on vend même les existences sur eBay
Je sais bien qu'on existe par rapport à ce qu'on a et pas par ce qu'on est
Je sais bien que le superflu n'a désormais plus de limite
Je sais bien que c'est comme ça que notre planète est détruite
Je sais bien que la sagesse faite nôtre pourrait tout rétablir
Je sais bien qu'on se vautre dans l'instant sans se soucier de l'avenir
Je sais bien que notre terre est la seule oasis dans ce désert sidéral
Je sais bien qu'on préfère y foutre la guerre plutôt que la paix intégrale.

Flagrant délire on est pris en flagrant délire et on connaît la chanson.

Je sais bien que la vie est une lutte mais
Je sais bien que je ne suis pas né juste pour augmenter le produit national brut
Je sais bien que tout le monde veut les chiffres de la Chine ou de l'Amérique
Je sais bien qu'on crève de ne pas ou de trop avoir c'est logique
Je sais bien que la bêtise est devenue cool
Je sais bien qu'on veut se faire adorer par les foules sentimentales
Je sais bien que ça fait mal à mon âme
Je sais bien qu'on préfère y foutre la guerre plutôt que la paix intégrale.

Flagrant délire on est pris en flagrant délire et on connaît la chanson.

Je sais bien qu'on devrait être heureux d'exister
Je sais bien qu'il y a même des enfants suicidés
Je sais bien que le bonheur ne dépend d'aucun anxiolytique
Je sais bien qu'à vivre sans cœur on meurt de panique
Je sais bien que les cons croient qu'on n'a pas de famille
Je sais bien qu'au fond de nous les mêmes étoiles scintillent
Je sais bien qu'on est tous dans la même galère
Mais pourquoi préfère-t-on y foutre la guerre plutôt que la paix intégrale ?

Flagrant délire on est pris en flagrant délire et on connaît la chanson.

Flagrant délire on est pris en flagrant délire et je connais la chanson.

Strasbourg, place de l'Étoile.

Le jeune homme noir, qui ne se savait pas encore poète, mais qui l'était assurément déjà, était une caillera prodigieuse, une presque figure du grand banditisme local.

(Car sur nous, dont les destins semblent résulter d'une damnation, les fleurs du mal exercent plus que de fatales attractions. Et les modèles quasi exclusifs de ceux qui, comme nous, purgent la double peine de la race et du statut social, dans les ergastules virtuels du monde globalisé, sont les escrocs ambidextres, les proxénètes, les voleurs à la roulotte, à la tire, à l'étalage et les beaux voyous. Cela peut paraitre paradoxal à toute personne raisonnable ; cela devient évident, une fois la construction du regard déconstruite.)

Mais dans cet océan agité du Chaos-monde, le jeune homme noir est comme celui qui, sur son radeau, est resté miraculeusement en vie, en dépit de la violence extrême des vagues tumultueuses et au mépris de ses compagnons d'infortune médusés. Le jeune homme noir ne le sait pas encore, mais il incarne avec flamboyance une manifestation inattendue, imprévisible. La mondialisation ne pouvait envisager la mondialité. Tous les visages ne peuvent se réduire à être consommés ni non plus à consommer seulement, n'en déplaise à certains. Le monde n'est pas un tiroir-caisse et ses habitants encore moins des chiens au bout d'une laisse.
Au volant de sa voiture, place de l'Étoile, il reprend le chemin de la maison d'arrêt et se remémore :

« En arrivant dans cette nouvelle prison, sur les vingt mois de ma peine totale, j'avais déjà fait sept mois. Je viens d'y terminer deux mois supplémentaires. À coup de grâces pénitentiaires, présidentielles et du 14 juillet, les onze mois qu'il me restait à faire, ont été commués en deux mois que j'effectue en semi-liberté. Ainsi, la loi des hommes, pourtant pleine de grâces, me contraint à retourner chaque soir, une fois la nuit tombée, dans ces geôles de la République où régulièrement je me dis à moi-même… » ● ● ●

LE JEUNE NOIR À L'ÉPÉE

On rêve de musée,
Mais pas d'être muséifié.
Sous la nef l'ancienne gare,
Mais personne n'y prend garde.
Dans nos poitrails ont lieu tous nos voyages ;
Dehors la désolation contemple son ouvrage.

Je sais. Je suis le jeune Noir à l'épée.

En bas des tours despotiques,
Où l'on hume l'odeur du mauvais shit,
La cité parle l'ancien grec :
Salade tomate oignon, moitié légume, moitié schneck.
Mais peut-on faire la révolution avec Toulouse-Lautrec ?

Je ne sais pas. Je suis le jeune Noir à l'épée

Vénus au bras d'un Négus,
Ou la scandaleuse promesse
D'un mariage temporaire
Derrière un abribus.
Si l'interdit participe de l'ardeur du désir,
Sans doute s'il y avait bienveillance, il n'y aurait pas d'humeur
hystérique !

Je sais. Je suis le jeune Noir à l'épée

À l'époque je me disais... Mais comment pourrais-je m'aimer
Si sans cesse je dois lutter et comment pouvais-je t'aimer
Si, sans cesse je luttais je luttais sans cesse je luttais je luttais
Comment pouvais-je t'aimer si, sans cesse je luttais je luttais

On a vu nos potes se faire fumer
On prône la paix pas l'épée
On a vu nos frères et nos sœurs
Morts sur ce décor en bombe sous ces décombres

On crève à s'user,
L'âme torréfiée,
Sous l'effet couplé des addictions et des renoncements.
Ignoré on constate juste l'avilissement,
Et ça c'est dans le meilleur des cas, garçon !
Dire que nous étions censés la faire la révolution !

Je sais. Je suis le jeune Noir à l'épée.

De vieilles villes frigides
Qui se la jouent banlieues lascives,
Se dénudent à loisir
Sur les plages naturistes du ouï-dire.
Les seins nus compensent-ils
Les injustices que subissent les plus fragiles ?

Je sais pas. Je suis le jeune Noir à l'épée.

À l'époque je me disais... Mais comment pourrais-je m'aimer
Si sans cesse je dois lutter et comment pouvais-je t'aimer
Si, sans cesse je luttais je luttais sans cesse je luttais je luttais
Comment pouvais-je t'aimer si, sans cesse je luttais je luttais

On a vu nos potes se faire fumer
On prône la paix pas l'épée
On a vu nos frères et nos sœurs
Morts sur ces décors en bombe sous ces décombres

p. 52-53 **Charles Cordier** *Buste de Nègre du Soudan* [1857] albâtre, bronze argenté et oxydé ; piédouche en porphyre des Vosges, 96 × 66 × 36 cm. Paris, musée d'Orsay

La Vie antérieure

Charles
Baudelaire

J'ai longtemps habité sous de vastes portiques
Que les soleils marins teignaient de mille feux,
Et que leurs grands piliers, droits et majestueux,
Rendaient pareils, le soir, aux grottes basaltiques.

Les houles, en roulant les images des cieux,
Mêlaient d'une façon solennelle et mystique
Les tout-puissants accords de leur riche musique
Aux couleurs du couchant reflété par mes yeux.

C'est là que j'ai vécu dans les voluptés calmes,
Au milieu de l'azur, des vagues, des splendeurs
Et des esclaves nus, tout imprégnés d'odeurs,

Qui me rafraîchissaient le front avec des palmes,
Et dont l'unique soin était d'approfondir
Le secret douloureux qui me faisait languir.

GENERATIONS
PARIS / ILE-DE-FRANCE 88.2

MA
OX

ALCOLM X
As told t
ALEX HALEY
"The most important book I'll ever read. It changed the way I thought, it changed the way I acted. It has given me courage that I didn't know I had inside me. I'm one of hundreds of thousands whose life was changed for the better."
Spike Lee

TIRAILLEURS

Tirailleurs tiraillés
Tiraillez tirailleurs

Si la vie est chienne elle me ronge comme un os
Me sclérose. Qui donc a dit voir la vie en rose,
Tiraillé entre ici et ailleurs, parents tirailleurs ?
Mon art, mon rap n'est pas vengeur, même si nous ne fûmes point vainqueurs.
Au-delà, au-delà, la justice voit au-delà de toute appartenance
Une dernière danse à la mémoire de ceux qui ont cru en la France.
Si la vie est vaine, elle me pique héroïne ;
Cocaïne comment veux-tu qu'on puisse s'en sortir ?

Tirailleurs tiraillés
Tiraillez tirailleurs

Si la vie homicide l'existence est un crime
C'est la psychose c'est comme grandir dans une maison close
Je défouraille j'ai l'attirail descends d'un tirailleur
Je suis le bagarreur normal, pas le Dormeur du val
Illusion illusoire leur monde est notre prétoire
Désespoir de ceux de celles qui ont la couleur noire

Tirailleurs tiraillés
Tiraillez tirailleurs

Pour le jeune homme noir, poète à la pensée vagabonde, dans sa voiture, le temps est suspendu. Cette contemplation intempestive le plonge dans un état qu'il ne compte pas explorer. Il s'enfonce sans résistance dans cet océan sans rivages.
Un coup d'œil à sa montre lui indique qu'il lui reste un peu plus de deux heures avant de devoir se rendre dans son pénitencier-dortoir. Il décide d'en profiter pour faire un crochet dans ce nouveau magasin de sport qui vient d'ouvrir ses portes en plein milieu de la cité HLM voisine de celle où il vit depuis qu'il est né, et où sans doute il finira ses jours.
En chemin il embarque trois de ses amis qui trainent leur spleen, pissant par intermittence leur peur du lendemain, au coin de l'immeuble récemment réhabilité où ils ont leurs habitudes. Les nouveaux passagers qui s'étaient roulés un joint le font tourner, se demandant bruyamment qui des rappeurs américains – Kendrick Lamar, J. Cole ou Drake – durerait le plus longtemps. Le jeune homme noir qui est un brin plus âgé, et a lu quelques livres, aurait plutôt évoqué B.I.G., Jay-Z, Nas ou encore Tupac. Toutefois, il juge injuste que la culture soit ainsi portée par une seule langue, pour cause d'hégémonie anglo-saxonne, et que dans des langues autres que celle d'Iceberg Slim, le talent littéraire et poétique de nombreux esthètes de culture urbaine ne puisse être jugé à sa juste valeur ou demeure à jamais inconnu.
En définitive, la petite bande se fait refouler à l'entrée du magasin flambant neuf. Un autre groupe – plus sauvage – les y a précédés quelques heures plus tôt et a « foutu le bordel » comme le répètent en chœur les vigiles, noirs et imposants, qui ne veulent rien entendre.
Le jeune homme noir débarque alors sa bande malheureuse, et gare sa voiture dans le parking situé derrière sa tour.

Il prend ensuite le bus puis le tramway en direction de la prison. En chemin, il se dit qu'il pourrait être tenté de ne pas retourner au violon ; mais il ne cède pas à cette *mélodie en sous-sol* et constate que « Le chez soi » n'est pas toujours le refuge tant désiré.

De retour en prison les vêtements que le jeune homme noir porte sur lui sont confisqués ; des gendarmes l'auditionnent sans ménagement. C'est qu'après son passage dans le magasin flambant-neuf, il y eut un cambriolage, un vol avec effraction. Et, lors de sa tentative d'incursion avec sa bande, l'un des vigiles noirs de l'établissement a noté son numéro d'immatriculation. Les soupçons se sont portés sur les suspects habituels : il ne faisait aucun doute pour les forces de l'ordre que le jeune homme noir était coupable. ● ● ●

JOSEPH

Tu te prénommes forcément JOSEPH
Quand de la culpabilité tu as la tête
Même si c'est pas vraiment toi contre le reste du monde
Quand tu n'as plus rien à perdre forcément tu te dévergondes
Et vu que l'injustice veut faire sa loi partout
Allez viens
Viens avec nous
Tu le sais peut-être pas encore mais tu fais partie de notre *crew*

Tu te prénommes forcément JOSEPH
Quand dealer tu as pour cliente régulière la défaite
Même si tu sais que l'argent sale ça peut pas rendre *clean*
Comment faire quand on sait que c'est le premier regard porté qui détermine
Et vu que l'argent de nos jours achète même l'amour
Allez viens
Viens avec nous
Tu le sais peut-être pas encore mais tu fais partie de notre *crew*

Tu te prénommes forcément JOSEPH
Quand les cités HLM ont fait de toi un poète
Même si aucune métaphore pourra jamais faire passer la merde pour du bronze
Le déni a la vertu de rendre zen comme un bonze
Et vu qu'au moindre problème on se ment à soi-même
Allez viens
Viens avec nous
Tu le sais peut-être pas encore mais tu fais partie de notre *crew*

Tu te prénommes forcément JOSEPH
Quand tu es un chaud de la gâchette
Même si à force de nourrir la bête un jour on se fait forcément mordre
Comment comprendre l'attrait du sang de ceux qui donnent des ordres
Et vu que c'est clair que ce n'est pas demain que cesseront les guerres
Allez viens
Viens avec nous
Tu le sais peut-être pas encore mais tu fais partie de notre *crew*

Tu te prénommes forcément JOSEPH
Quand les mecs ils se disent que tu peux pas être né à Nazareth
Même s'ils te disent tout sourire que tu es leur frère le plus intime
Alors qu'ils font de toi chaque jour toujours plus une victime
Et vu les Adama les Zyad et Bouna etc.
Allez viens
Viens avec nous
Tu le sais peut-être pas encore mais tu fais partie de notre *crew*

Tu te prénommes forcément JOSEPH
Oui... Tu te prénommes JOSEPH
Quand ils se disent oui...
Quand ils se disent que tu n'es pas né à Nazareth
Même si oui...
Ils te font un sourire grand comme ça
Pour ensuite te dégommer dans la rue pour rien comme ça
Allez viens
Viens avec nous
Tu le sais peut-être pas encore mais tu fais partie de notre *crew*

Le modèle modèle noir tué
Le modèle modèle noir tu es

● ● ● Le jeune homme noir, piteux, range sa petite cellule mise à sac par les gardiens. Tous ses vêtements ont été confisqués pour vérification. Le cœur du jeune homme noir se serre et il serre la mâchoire sans discontinuer.
Il a la haine. ● ● ●

LA HAINE

« C'est l'histoire d'un homme qui tombe d'un immeuble de cinquante étages. Le mec, au fur et à mesure de sa chute, il se répète sans cesse pour se rassurer : "Jusqu'ici tout va bien, jusqu'ici tout va bien, jusqu'ici tout va bien." Mais l'important c'est pas la chute c'est l'atterrissage. »

La Haine, Mathieu Kassovitz

Bien sûr que cela fait de la peine
Mais peut-on encore parler de saine colère
Regarde bien comme j'ai la haine

Dealer ni ta coke ni ton shit
Ne pourrait étreindre ce feu qui s'ébruite
Regarde bien comme j'ai la haine

Toi la justice, toi la Marianne
Laisse-moi t'embrasser comme si t'étais ma femme
Regarde bien comme j'ai la haine

Les frères pourquoi craint-on la police
Nous ne sommes pas totalement vertu certes
Mais nous ne sommes pas non plus totalement vice

Regardez-moi bien mais pourquoi donc ai-je la haine
Oui,
Mais pourquoi donc ai-je la haine
Est-ce parce que j'ai vu mon père partir
Est-ce parce que j'ai vu mes frères se dire martyrs
Mais pourquoi, pourquoi donc ai-je la haine

Mes larmes restez donc dans mes yeux
Faites preuve pour une fois de pudeur un peu
Toi regarde bien comme j'ai la haine

Mes larmes, mes larmes écoutez-moi
S'il vous plaît au moins cette fois
Oui toi regarde bien comme j'ai la haine

Aux armes mes larmes allez soyez cool
Faites-en sorte que je ne perde pas la boule
Regarde bien comme j'ai la haine

Les frères c'est vrai alors on doit craindre la police
Pourtant nous ne sommes pas totalement vertu c'est vrai
Mais nous ne sommes pas non plus totalement vice

Regardez-moi bien mais pourquoi donc ai-je la haine
Oui,
Mais pourquoi donc ai-je la haine
Est-ce parce que j'ai vu ma mère survivre
Est-ce parce que l'ignorance toujours assassine
Mais pourquoi, pourquoi donc ai-je la haine

Dites-moi comment rester tranquille
Comment fermer l'œil qu'on a dans la poitrine
Regarde bien comme j'ai la haine

Dites-moi oui vous qui savez tout
Pourquoi aime-t-on à devenir fou
Regarde bien comme j'ai la haine

Mais dites-nous mais on dit ça on dit rien
Lorsqu'on se questionne sur ce qui est mal ce qui est bien
Regarde bien comme j'ai la haine

Frère je sais maintenant pourquoi on flippe de la police
Trop de vertueux furent confondus avec ceux qui avaient du vice

Regardez-moi bien mais pourquoi donc ai-je la haine
Oui,
Mais pourquoi donc ai-je la haine
Est-ce parce qu'on échoue sur toutes les rives
Ou est-ce parce qu'ils se sont écornés nos rêves
Mais pourquoi, pourquoi donc ai-je encore
LA HAINE

••• Le jeune homme noir qui ne décolère pas, s'allonge sur son lit étroit et allume son petit téléviseur comme on allumerait une cigarette ou un joint.
La chaîne d'information continue montre en boucle la tragédie qui fait office de série à succès du moment : le naufrage d'embarcations de migrants au large des côtes libyennes.
Plus d'un millier de personnes, hommes, femmes et enfants, sont mortes noyées cette année en Méditerranée.
Le jeune homme noir qui a grandi à Strasbourg et n'est jamais allé dans le pays d'origine de ses parents, se dit en voyant ces hommes noirs, réduits en esclavage en Libye, venus chercher asile en Europe, que rien ne le différencie en apparence de ces pauvres diables, et qu'assis au milieu d'eux, hors de tout contexte, n'importe quel badaud, n'importe quel policier, pourrait le confondre avec l'un d'eux. •••

Le Tonneau de la haine

Charles Baudelaire

La Haine est le tonneau des pâles Danaïdes ;
La Vengeance éperdue aux bras rouges et forts
A beau précipiter dans ses ténèbres vides
De grands seaux pleins du sang et des larmes des morts,

Le Démon fait des trous secrets à ces abîmes,
Par où fuiraient mille ans de sueurs et d'efforts,
Quand même elle saurait ranimer ses victimes,
Et pour les pressurer ressusciter leurs corps.

La Haine est un ivrogne au fond d'une taverne,
Qui sent toujours la soif naître de la liqueur
Et se multiplier comme l'hydre de Lerne.

– Mais les buveurs heureux connaissent leur vainqueur,
Et la Haine est vouée à ce sort lamentable
De ne pouvoir jamais s'endormir sous la table.

FRÈRE MIGRANT

À Patrick Chamoiseau

Bouquets d'îles et archipels en fleurs
qui déjà bouturent susurrent à l'oreille,
Une vie meilleure qui vient qui est déjà là, frère migrant,
C'est le plein d'espoir dans le réservoir de cette embarcation de fortune,
C'est du super, que dis-je, c'est du sans-plomb, frère migrant.
On ose bégayer un sourire sous l'effet prégnant des vents d'Occident,
frère migrant,
Ou tout le monde a accès à ce truc qui n'a soi-disant pas d'odeur;
Oui ce fameux argent qui soi-disant ne fait pas le bonheur, frère migrant.

Mais c'est la jungle qu'ils ont prévue pour te caler (caler);
Jungle qu'ils ont prévue pour te caler à Calais.
Au pays, on disait France pays des droits de l'homme;
Et moi ne suis-je pas un homme?
Au pays, on disait France pays des droits de l'homme;
C'est donc ça l'opium du peuple?

C'est le bouquet cette époque pleine d'opportunités qui ne cesse
d'accoucher d'opportunistes;
C'est le paradis converti en enfer une fois mouillé le port de Tripoli,
frère migrant.
C'est l'aristocratie en haillons réduisant en esclavage sa propre nation.
Et voilà donc que te happent les trahisons, frère migrant,
Toi qui, hier encore, croyais que le monde était ton confident;
Les réseaux sociaux t'ont promis les monts et les vallées d'or
de l'Eldorado, frère migrant.

Mais c'est la jungle qu'ils ont prévue pour te caler (caler);
Jungle qu'ils ont prévue pour te caler à Calais.
Au pays, on disait France pays des droits de l'homme;
Et moi ne suis-je pas un homme?
Au pays, on disait France pays des droits de l'homme;
Est-ce moi ou tout le monde s'en tamponne?

Bouquets d'épines où les utopies sont des culs-de-sac,
C'est être avalé tout cru être bu cul sec, frère migrant,
C'est le Titanic, le géant aux Jordan d'argile,
Le Songe d'une nuit d'été qui finit en cauchemar hivernal, frère migrant.
À quoi finalement ça sert d'être l'Africain le plus européen du cimetière?
C'est un sacré pétrin et ce radeau en était juste l'écrin, frère migrant.
Qu'en dis-tu Hind: la poésie peut-elle me sauver à elle seule?
        dis-le-moi s'il te plaît!

Mais c'est la jungle qu'ils ont prévue pour te caler (caler);
Jungle qu'ils ont prévue pour te caler à Calais,
Au pays on disait France pays des droits de l'homme;
Et moi ne suis-je pas un homme?
Au pays on disait France pays des droits de l'homme;
C'est donc ça l'opium du peuple?

Plus d'un millier de personnes, hommes...

Charles Baudelaire

L'Homme et la mer

Homme libre, toujours tu chériras la mer !
La mer est ton miroir ; tu contemples ton âme
Dans le déroulement infini de sa lame,
Et ton esprit n'est pas un gouffre moins amer.

Tu te plais à plonger au sein de ton image ;
Tu l'embrasses des yeux et des bras, et ton cœur
Se distrait quelquefois de sa propre rumeur
Au bruit de cette plainte indomptable et sauvage.

Vous êtes tous les deux ténébreux et discrets :
Homme, nul n'a sondé le fond de tes abîmes ;
Ô mer, nul ne connaît tes richesses intimes,
Tant vous êtes jaloux de garder vos secrets !

Et cependant voilà des siècles innombrables
Que vous vous combattez sans pitié ni remord,
Tellement vous aimez le carnage et la mort,
Ô lutteurs éternels, ô frères implacables !

Regarde le monde est ainsi fait
Chacun veut juste avoir un avenir
Regarde le monde est ainsi fait
Chacun veut juste pouvoir s'en sortir

Charles
Baudelaire

L'Invitation au voyage

Mon enfant, ma sœur,
Songe à la douceur
D'aller là-bas vivre ensemble !
Aimer à loisir,
Aimer et mourir
Au pays qui te ressemble !
Les soleils mouillés
De ces ciels brouillés
Pour mon esprit ont les charmes
Si mystérieux
De tes traîtres yeux,
Brillant à travers leurs larmes.
Là, tout n'est qu'ordre et beauté,
Luxe, calme et volupté.

Regarde le monde est ainsi fait
Chacun veut juste avoir un avenir
Regarde le monde est ainsi fait
Chacun veut juste pouvoir s'en sortir

Des meubles luisants,
Polis par les ans,
Décoreraient notre chambre ;
Les plus rares fleurs
Mêlant leurs odeurs
Aux vagues senteurs de l'ambre,
Les riches plafonds,
Les miroirs profonds,
La splendeur orientale,
Tout y parlerait
À l'âme en secret
Sa douce langue natale.
Là, tout n'est qu'ordre et beauté,
Luxe, calme et volupté.

Regarde le monde est ainsi fait
Chacun veut juste avoir un avenir
Regarde le monde est ainsi fait
Chacun veut juste pouvoir s'en sortir

Vois sur ces canaux
Dormir ces vaisseaux
Dont l'humeur est vagabonde ;
C'est pour assouvir
Ton moindre désir
Qu'ils viennent du bout du monde.
– Les soleils couchants
Revêtent les champs,
Les canaux, la ville entière,
D'hyacinthe et d'or ;
Le monde s'endort
Dans une chaude lumière.
Là, tout n'est qu'ordre et beauté,
Luxe, calme et volupté.

Regarde le monde est ainsi fait
Chacun veut juste avoir un avenir
Regarde le monde est ainsi fait
Chacun veut juste pouvoir s'en sortir

● ● ● Plus d'un millier de personnes, hommes…
Plus d'un millier de personnes, hommes, femmes…
Plus d'un millier de personnes, hommes, femmes et enfants,
Étaient mortes noyées,
Cette année,
En Méditerranée.
D'autres mornes allaient venir de l'intérieur des terres s'échouer sur des barbelés de larmes et d'oubli impossible, rejoignant toujours en plus grand nombre, d'autres désespoirs déjà passés de mode… médiatique et frappés, sur tout le réseau social, du *hashtag* de l'obsolescence.
Tous ces gens du voyage seront bientôt atteints d'apathie, la terrible pandémie qui unit dans l'indifférence générale, ceux qui crèvent et ceux qui ne souffriront jamais d'aucun mal.
Comme si tout était égal dans cette nuit blanche étoilée sur fond bleu.
L'Europe des caravanes de brume,
Des camps de fortune
Et des tours de bitume,
Crie à la lune
Son amertume
Sur tous les écrans connectés.
Mais, il faut un cœur pour entendre ce que les consciences refusent de voir,
Un cœur pour accepter l'autre et expulser cette haine qui confine au dépotoir.
Mais, il n'y a que les images qui sont stupéfiantes,
Pas ce qu'elles représentent.
Et c'est plein d'allégresse,
Que chacun fait son propre business. ● ● ●

Boshra *Google Head* [2015] acrylique sur toile cirée, 200 × 140 cm. Paris, collection Coste

Ahmadou
Kourouma
Allah
n'est pas
obligé
A. HAMPATÉ
Le Ventre de l'Atlantique
aspects de la civilisation africaine
Ahmadou Kourouma
Allah n'est pas obligé

Participants illustres au Premier Congrès international des écrivains et artistes noirs, organisé par Présence Africaine du 19 au 22 septembre 1956 à La Sorbonne.
Parmi eux, Alioune Diop, Léopold Sédar Senghor, Aimé Césaire, Cheikh Anta Diop, Édouard Glissant, Stephen Alexis, Franz Fanon, Amadou Hampâté Bâ, Richard Wright, Horace Mann Bond, René Depestre, Jean Price-Mars, Émile Saint Lo, Jacques Rabémananjara, Bernard Dadié, Abdoulaye Wade, Mario Pinto de Andrade, Gérard Bissainthe, Paul Hazoumé, Marcelino Dos Santos…

LES GENS DU VOYAGE

Avec ce terrain vague en lieu et place de ce cœur qui s'étiole,
La Cité des Aviateurs ploie sous ces espoirs qui ne prendront
jamais leur envol.
La caravane du sédentaire est la malédiction du voyageur.
Ne jure-t-on pas sur les morts, lorsque le vivant exhume sa noirceur ?
Avec le passé qui prédit l'avenir,
Si l'enfant savait, voudrait-il encore grandir ?
Mais on a tous les âges, quand on est un enfant des gens du voyage.

Avec ce *no man's land* d'eau qui gronde et mon cœur qui s'affole,
L'embarcation prie sa fortune de ne pas la lâcher au vol ;
Cette roulotte des mers est l'espoir ultime de ces drôles de voyageurs ;
On jure sur les morts lorsque la vie se mesure à la blancheur,
Avec le passé qu'on veut oublier à l'avenir.
Si j'avais su enfant, aurais-je pu grandir ?
Mais on a tous les âges quand on est un enfant des gens du voyage.

Avec un bout de tissu pour voiler la honte,
Les peuples anciens du soleil levant sont
les nouveaux laissés-pour-compte.
Ceux qui considèrent un simple sourire comme une aumône,
Et qui ne s'imaginaient pas qu'un jour ils pourraient être pauvres,
Avec un passé qui n'ose plus croire en l'avenir,
Ils prient afin qu'on puisse enfin grandir,
Mais on a tous les âges quand on est un enfant des gens du voyage.

Avec des tentes pour églises et des oncles pour martyrs,
Ceux qui marchent la nuit disent que les leurs sont leur unique famille.
Ceux qui s'aiment autour des feux de l'époque,
Ou ceux qui guettent dans l'obscur, la remontée des lucioles,
Avec le présent, haïssent l'avenir.
Si on savait prier on pourrait cesser de grandir ;
Mais on ne le sait pas je suppose, nous sommes
tous les enfants des gens du voyage.

Avec nos vies t'aurais dit quoi, dit quoi ?
Alors ouvre pas ta bouche si tu sais pas, sais pas
Ici t'es dans ma zone nous on joue pas, joue pas
Si t'aime pas Renoi écoute pas, nous cherche pas et...

Gens du voyage, gens du voyage, gens du voyage...

Gens, gens du voyage et
Gens, gens du carnage et
Tout est scène de ménage
Dites-moi comment tourner la page et
Et comment aiguiller celui qu'on a négligé
Ce monde devenu la mule de nos incertitudes et
Enfant des cités OK
Défavorisés OK
Enfant d'immigrés OK
Déconsidérés
Gens, gens du voyage et
Gens, gens du carnage et
Tout est scène de ménage
Dites-moi comment tourner la page et...

● ● ● Plus d'un millier de personnes,
hommes, femmes et enfants,
Étaient mortes noyées,
Cette année,
En Méditerranée.

Alors que sur le continent,
Leurs parents avaient goûté, ne serait-ce qu'un moment,
L'innocence et l'Amour. ● ● ●

La haine au diable !
Au diable la haine !
Je t'aime, t'aime,
T'aime, t'aime.
Muet tu m'as rendu affable.

Suis l'arbre Kongo racine
Dont le fruit amertume sublime,
M'a fait croître où tout s'origine,
Où de simples regards réaniment.
Tu es belle Kinshasa Brazzaville !
Aimons-nous comme deux imbéciles !

La haine au diable !
Au diable la haine !
Je t'aime, t'aime,
T'aime, t'aime.
Muet tu m'as rendu affable.

La haine au diable !
Au diable la haine !
Je t'aime, t'aime,
T'aime, t'aime.
Muet tu m'as rendu affable.

Depuis je suis fort comme une femme, Congo
Prends-moi dans tes bras s'il te plaît !
Danse avec moi s'il te plaît !
Regarde-moi s'il te plaît !
Mais ne t'en va pas s'il te plaît !
Va donc au diable la haine !
Je suis avec ceux qui aiment ;
On aime, on aime,
On aime, on aime,
Ainsi j'ai retrouvé mes ailes.

King of Kongo patronyme,
Cœur blanc peau noire unanime,
Mon amour n'es-tu pas mon intime ?
Ne vois guère les rétines qui dépriment ;
Ce n'est donc pas la fin de l'histoire ;
Partout ne sévit pas le désespoir.
Va donc au diable la haine !
Je suis avec ceux qui aiment.

On aime, on aime,
On aime, on aime
Ainsi j'ai retrouvé mes ailes.

Va donc au diable la haine !
Je suis celui celle qui aime Congo

Prends-moi dans tes bras s'il te plaît !
Danse avec moi s'il te plaît !
Regarde-moi s'il te plaît !
Mais ne t'en va pas s'il te plaît !

Mais qui donc a dit que les hommes ne pleuraient pas ?

La haine au diable !
Au diable la haine !
Je t'aime,
Comme pris d'une soif insatiable.

Congo sous la roche pas d'anguilles ;
Comme ton ciel, innocente jeune fille,
Où se rencontrent tant d'étoiles qui brillent :
C'est donc ici qu'ont élu domicile
Tous ces rêves qu'on croyait en exil.
Pourquoi donc tant de peurs frétillent ?
La haine au diable !
Au diable la haine !
Je t'aime
Comme pris d'une soif insatiable.

La haine au diable !
Au diable la haine !
Je t'aime
Comme pris d'une soif insatiable.
Maintenant je suis fort comme une femme, Congo

Prends-moi dans tes bras s'il te plaît !
Danse avec moi s'il te plaît !
Regarde-moi s'il te plaît !
Mais ne t'en va pas s'il te plaît !

Prends-moi dans tes bras s'il te plaît !
Danse avec moi s'il te plaît !
Regarde-moi s'il te plaît !
Mais ne t'en va pas s'il te plaît, Congo.

L'on finit par innocenter le jeune homme noir. Sans s'excuser pour le quiproquo, sans le moindre geste de remords, sans un mot comme « Nous avons fait erreur. Nous vous demandons pardon. » Il le regretta.
Dès le lendemain matin, parce que son avocat pesa de tout son droit, on le laisse refaire le trajet inverse et retourner dans sa cité. Il se remémore ce trajet, effectué, tel un Sisyphe, jour après jour, depuis sa réduction de peine.
Il réalise alors qu'il existe des êtres entièrement voués à la contemplation et détachés de toute action, qui réfléchissent une lumière si éclatante qu'elle en est invisible à l'œil de chair. Et puis, contrairement à ce qu'il advint du fils d'Enarété, les va-et-vient cessent. Le jeune homme noir est libéré pour de bon.
Quand la grande porte du pénitencier se referme derrière lui, il décide de ne plus être comme le Genet de Sartre, ce que le crime a fait de lui, mais de devenir enfin ce qu'il est de toute éternité : un Poète.
Le changement est phénoménal. Il allait se jeter dans son être pour coïncider avec lui-même.
Le jeune homme noir qui s'était, toute sa jeune vie durant, confondu avec la haine, allait se mettre à aimer. ● ● ●

AIMER

Noyé maintes fois dans cet océan de larmes,
Ma foi j'ai baissé les armes,
Car j'ai su qu'il n'y avait que l'Amour.

Étrange de se déchirer sans se dire que l'Amour,
Invoqué s'y oppose moi je l'ai vu,
Qu'il n'y avait que l'Amour.

J'ai traversé des marécages d'immeubles,
Gardés par des fossoyeurs; même eux m'ont dit, mon Dieu,
Qu'il n'y avait que l'Amour.

Que de haines vaines le vide revendique !
Même ces muses maladives se plaignirent
Qu'il n'y avait que l'Amour.

Se gonfler d'orgueil débile, servile.
Assassine cette peur qui seule te domine, tu verras
Qu'il n'y avait que l'Amour.

L'Amour, la mort ne vont pas ensemble.
Tes yeux fervents et tendres me crièrent
Qu'il n'y avait que l'Amour.

Étalon fou dont je teins la crinière,
Couleur grandeur toison d'or qui évoque,
Qu'il n'y avait que l'Amour.

Pourquoi notre foi en l'homme est-elle chétive ?
Pourquoi ne fûmes-nous pas excessifs à nous dire
Qu'il n'y avait que l'Amour ?

C'est donc le temps de l'union,
La fin de la contrefaçon; qu'on sache tous
Qu'il n'y avait que l'Amour

M'aimeras-tu quand tout sera fini ?
Un séraphin prenant ma main dira-t-il
Qu'il n'y avait que l'Amour ?

Mon cœur fourmillant de rêves,
Tôt aurait dit trêve, sachant
Qu'il n'y avait que l'Amour.

M'adossant à ma jeunesse qui se distend,
Faire fi du monde existant en se disant
Qu'il n'y a que l'Amour.

M'adossant à ma jeunesse qui se distend,
Faire fi du monde existant en se disant
Qu'il n'y avait que l'Amour.

M'adossant à ma jeunesse qui se distend,
Faire fi du monde existant en se disant
Qu'il n'y aura que l'Amour.

Je ne sais plus rien de ma peine
Et si je remonte sur scène
Ce sera seulement pour y chanter un Amour éternel
Plus de mal plus de douleur
Ni souffrance ni rancœur
De la beauté s'écrie mon cœur
Aux marchands d'oubli et de peur
Ô aimer, aimez, aimer, aimez

M'adossant à ma jeunesse qui se distend,
Faire fi du monde existant en se disant
Qu'il n'y a que l'Amour.

M'adossant à ma jeunesse qui se distend,
Faire fi du monde existant en se disant
Qu'il n'y avait que l'Amour.

M'adossant à ma jeunesse qui se distend,
Faire fi du monde existant en se disant
Qu'il n'y aura que l'Amour.

Ô aimer, aimez, aimer, aimez

II. LA DAME À L'ÉVENTAIL OU LA MAÎTRESSE DE BAUDELAIRE

Édouard Manet *Portrait de Jeanne Duval*, dit aussi *La Femme à l'éventail* ou *Maîtresse de Baudelaire couchée* [1862] huile sur toile, 89,5 × 113 cm. Budapest, Museum of Fine Arts

Charles
Baudelaire

La Beauté

Je suis belle, ô mortels ! comme un rêve de pierre,
Et mon sein, où chacun s'est meurtri tour à tour,
Est fait pour inspirer au poète un amour
Éternel et muet ainsi que la matière.

Je trône dans l'azur comme un sphinx incompris ;
J'unis un cœur de neige à la blancheur des cygnes ;
Je hais le mouvement qui déplace les lignes,
Et jamais je ne pleure et jamais je ne ris.

Les poètes, devant mes grandes attitudes,
Que j'ai l'air d'emprunter aux plus fiers monuments,
Consumeront leurs jours en d'austères études ;

Car j'ai, pour fasciner ces dociles amants,
De purs miroirs qui font toutes choses plus belles :
Mes yeux, mes larges yeux aux clartés éternelles !

● ● ● C'est sa mère (devant laquelle il n'avait jamais cessé de s'ouvrir symboliquement les veines depuis le départ de son père) qui lui ouvrit la porte. Elle lui sourit tristement et silencieusement. Il lui rendit le même sourire triste et silencieux. Elle retourna dans la cuisine. Il la suivit et s'arrêta à l'entrée. Elle préparait le repas de midi.

Les odeurs mélangées de feuille de manioc, de poulet frit et de banane plantain bouillie le propulsèrent dans son enfance. Il n'était plus ce jeune homme noir qui avait cédé à l'appel impératif d'une soi-disant vocation qui l'avait aspiré dans le monde de la délinquance, du banditisme et de la criminalité. Il était à nouveau l'enfant insouciant, sans ambiguïté, sans remise en question quant à sa couleur ou son statut social, foncièrement optimiste.

Aujourd'hui poète assumé, le jeune homme noir était désormais convaincu que c'étaient les «grandes personnes», qui lui avaient transmis jusqu'à ce jour, cet être au monde qui avait façonné sa vie et ses choix : le Mal qui allait forger son *character*, son personnage, sa *persona*, son masque, son rôle, ses répliques convenues, pour faire de lui et des siens, la figure ultime de l'Autre. Transmission désespérée. Transmission illusoire.

Le jeune homme noir, malgré tout, chérissait cette enfance ; au mépris de ceux qui s'étaient donnés comme mission de l'en déposséder pour l'emprisonner à vie, dans une imitation fallacieuse. ● ● ●

L'Ennemi

Charles
Baudelaire

Ma jeunesse ne fut qu'un ténébreux orage,
Traversé çà et là par de brillants soleils ;
Le tonnerre et la pluie ont fait un tel ravage,
Qu'il reste en mon jardin bien peu de fruits vermeils.

Voilà que j'ai touché l'automne des idées,
Et qu'il faut employer la pelle et les râteaux
Pour rassembler à neuf les terres inondées,
Où l'eau creuse des trous grands comme des tombeaux.

Et qui sait si les fleurs nouvelles que je rêve
Trouveront dans ce sol lavé comme une grève
Le mystique aliment qui ferait leur vigueur ?

– Ô douleur ! ô douleur ! Le Temps mange la vie,
Et l'obscur Ennemi qui nous ronge le cœur
Du sang que nous perdons croît et se fortifie !

Jean-Baptiste Carpeaux *Les Quatre Parties du monde soutenant la sphère céleste* [1872] modèle en plâtre gomme-laqué, 280 × 177 × 145 cm. Paris, musée d'Orsay
Détail de la sculpture page suivante

NATIONS NEGRES
NATIONS NEGRES
L'UNITE
CHEIKH A
L'AFRIQUE NOIRE

CULTURE
TA DIOP
PRECOLONIALE

Maya
Angelou
Tant que
je serai noire
Le Livre de Poche
Maryse
Inédit

Fatou
Diome
Le Ventre
de l'Atlantique
Le Livre de Poche
18

● ● ● Le Poète se rend dans sa chambre, la même qu'il occupe depuis sa prime adolescence, en pensant à sa mère que la vie a comme lui, tant fait souffrir. Il s'assoit à même le sol au milieu de cette chambre qu'il partagea autrefois, avec son frère aîné, mort « accidentellement » dans un commissariat de police. Il regarde autour de lui. Il se sent comme en deuil de lui-même. C'est alors que son téléphone vibre. ● ● ●

Double-page précédente **Charles Cordier** *La Capresse ou Négresse des colonies* [1861] albâtre, bronze argenté et oxydé, bronze doré, piédouche en marbre cervelas, 96,5 × 54 × 28 cm. Paris, musée d'Orsay

La Corde

Charles
Baudelaire

« Les illusions, – me disait mon ami, – sont aussi innombrables peut-être que les rapports des hommes entre eux, ou des hommes avec les choses. Et quand l'illusion disparaît, c'est-à-dire quand nous voyons l'être ou le fait tel qu'il existe en dehors de nous, nous éprouvons un bizarre sentiment, compliqué moitié de regret pour le fantôme disparu, moitié de surprise agréable devant la nouveauté, devant le fait réel. S'il existe un phénomène évident, trivial, toujours semblable, et d'une nature à laquelle il soit impossible de se tromper, c'est l'amour maternel. Il est aussi difficile de supposer une mère sans amour maternel qu'une lumière sans chaleur ; n'est-il donc pas parfaitement légitime d'attribuer à l'amour maternel toutes les actions et les paroles d'une mère, relatives à son enfant ? »

LA VIE D'MA MÈRE

Maman tu disais : mes enfants n'ayez pas peur ;
Jamais je vous laisserai tout seuls.

Filleuls de l'abandon nous étions devenus
À la merci de la rue papa parti tu t'es pas laissée abattre

Nous transmettant ton Amour et ton courage

Maman a fait de notre HLM un château

Maman t'es mon héros.
Que tu sois fière de moi,
Il le faut.
Maman t'es mon héros.
Tu pourras compter sur moi,
S'il le faut.
Qu'importe la distance,
Reine de mon enfance,
Ton cœur est le plus précieux des bijoux.

Maman tu disais cette vie c'est navrant
Si on n'va pas de l'avant

Tu nous as donné tellement de confiance en nous
Que certains même disent qu'on est fous de toi

Le respect de tous c'est la loi

Maman le répétant comme un mantra

Maman a fait de notre HLM un château
Maman t'es mon héros.
Que tu sois fière de moi,
Il le faut.
Maman t'es mon héros.
Tu pourras compter sur moi,
S'il le faut.
Qu'importe la distance,
Reine de mon enfance.
Ton cœur est le plus précieux des bijoux.

Maman tu disais seulement
Vous êtes grands

Tout se passe ici maintenant
Le péché c'est perdre l'espoir

Faut se dépêcher raconter son histoire

Croire en soi croire en toi quoi qu'on vous dise

Ne jamais plier comme la tour de Pise

Maman a fait de notre HLM un château

Maman t'es mon héros.
Que tu sois fière de moi,
Il le faut.
Maman t'es mon héros.
Tu pourras compter sur moi,
S'il le faut.
Qu'importe la distance,
Reine de mon enfance.
Ton cœur est le plus précieux des bijoux.

De la tendresse

Maman je t'aime maman tu es belle

Force et délicatesse

Maman ton amour citadelle
Maman a fait de notre HLM un château

Maman t'es mon héros.
Que tu sois fière de moi,
Il le faut.
Maman t'es mon héros.
Tu pourras compter sur moi,
S'il le faut.
Qu'importe la distance,
Reine de mon enfance.
Ton cœur est le plus précieux des bijoux.

Et puis, dans les halls d'escaliers, les caves, la rue, les coins d'immeubles, les bancs dans les parcs et les ombres sous les lampadaires, la galère reprit ses droits auprès des sœurs et des frères d'infortune, tous étrangers dans leur propre univers, galériens refaisant le monde au quotidien et se projetant dans un futur incertain, à coup d'ambition de fortune et de rêve artistique. Il fallait donc s'évader, poétiser, écrire et rapper encore et encore, rien n'étant sur terre comme dans les imaginaires, suspendu dans l'immobile. La vérité sonne toujours comme une langue étrangère.

LES RAPPEURS

Le crâne de la violence bien rasé,
La jeunesse dans du papier à rouler,
Au bord du Rhin, au bord de l'Ill,
On prêchait à la ligne,
Avec mon grand frère,
Et quatre autres têtes,
Se vantant d'une future carrière dans le disque.
Le frangin s'imaginait déjà Schubert,
Et les quatre autres riches et célèbres.
Moi qui me prénommais pourtant Régis,
Moi je me sentais plutôt Friedrich comme Hölderlin,
Et pour nous dissuader de l'esprit germanique,
La nuit, les voisins gueulaient, mais de notre point de vue, ça
Donnait ça.

Le crâne de la violence bien chevelu,
La jeunesse dans du papier-alu,
Dans la maison de disque avec notre directeur prétendument artistique,
On causait fric,
Avec mon grand frère,
Et les quatre autres têtes,
Fallait qu'on cogite pour faire des hits,
Mais comment faire ? Schubert était devenu pro black,
Et les autres, même blancs, le suivirent à la trace.
Et comme je refroidissais tout le monde, moi qui étais le plus chaud,
Sortir les cadavres du placard était le créneau,
Moi nous gueulions comme ça à la radio.

Le crâne de la violence d'une calvitie,
La jeunesse se paie-t-elle à crédit ?
La tempe poivre et sel on se diversifie,
Avec mon unique frère,
Les autres désespèrent,
On reste digne noblesse oblige !
Grand frère n'en a plus rien à faire de Schubert ;
De toute façon les autres disent que c'est la musique
qui les a mis dans la merde,
Et moi, alors qu'on bombarde la Syrie,
Moi, je snapchate, je selfie.
C'est moche on en fera peut-être une épitaphe
Qui gueulera comme ça.

OSAKA

LA RUE

Avec les autres ghettos du monde,
        elle forme effectivement un archipel.
Lorsqu'elle s'éveille elle brûle ; son origine est volcanique.
Lorsqu'elle sommeille, se consume, le cancer est son tropisme.
Elle est la matière du Tout-Monde ; son identité est métisse.
Poétise ce lieu où dit-on ne rentre plus la police.
Avec un imaginaire en pluie de météorites,
Avec ce glacier brûlant qui bat dans sa poitrine,
Elle pourrait chanter la fin de l'ancien monde,
mais la rue biaise tout d'où je viens.

La rue n'est-elle pas une ensorceleuse
Incapable d'une vie heureuse ?
Belle plantureuse en vérité hideuse,
La rue est une carotteuse.

Avec les autres ghettos du monde,
        elle forme *subrepticement* un archipel.
On y vit continent, avec l'état d'esprit d'une île ;
On y meurt toujours martyr, qu'importe la cause de l'homicide.
Elle est la fin et le début du Chaos Monde, son identité rhizome,
Poétique du lieu-dit où la comédie humaine fait rire jaune,
Avec l'intuition du danger qui nous ouvre les bras,
Avec un regard unique et multiple à la fois,
On pourrait danser sur la démesure de la démesure ;
mais la rue *biaise* tout d'où je viens.

La rue n'est-elle pas une ensorceleuse
Incapable d'une vie heureuse ?
Belle plantureuse en vérité hideuse,
La rue est une carotteuse.

Avec les autres ghettos du monde,
        elle forme remarquablement un archipel.
Elle n'a pas de frontière qui défend et empêche,
Elle magnifie la relation et l'opacité comme concepts,
Se désaffilier ne contrarie pas la beauté créole,
C'est bien au contraire sa condition sine qua non,
Avec pour abattre les murs cette politique du Tout-Monde,
Avec le dissemblable qui se rassemble et se raconte,
Je pourrais en tout lieu faire l'amour avec les esprits,
        mais la rue baise tout d'où je viens.

La rue n'est-elle pas une ensorceleuse
Incapable d'une vie heureuse ?
Belle plantureuse en vérité hideuse,
La rue est une carotteuse.

TUNNEL

Dans les caves où les haines croupissent
Sportwear grandes gueules ils t'éblouissent
Or ces New Balance travaillent pour la police
Ils n'ont pas une parole ils ont un pubis
Mais tout tourne autour de leur pénis
Qui est le plus gros grossiste
Qui sent le plus le cannabis
Dans les caves où les haines croupissent
Les shayatines font tourner Eurydice
Cœurs froids et chaude pisse
Pas de femmes que des simulatrices
Pas d'amis s'il n'y a pas de bénéfice
Cash-flow néo-réaliste
Les mecs ont tous mal au coccyx
Dans les caves où les haines croupissent

Dans les caveaux d'insondables tristesses
Ainsi le Poète nomme la Tess
S'affranchir des normes de la bêtise qui progresse
Un mal perdure quelqu'un s'engraisse
Antique théorème comme celui de Thalès
Des mille et des cents c'est ubuesque
Va falloir fatalement qu'on disparaisse
Dans les caveaux d'insondables tristesses
Le temps nous dépouille nous dépèce
Lorsqu'on fait de notre existence une kermesse
La haine piètre doctoresse
Qui fait de ton semblable une sous-espèce
L'ignorance est dantesque
Va falloir qu'on fasse preuve de noblesse
Dans les caveaux d'insondables tristesses
Ainsi le Poète nomme la Tess

Essais
HOMERE
L'ODYSSÉE
J'AI LU
KÉTALA
AIME CESAIRE

452
Condé · Heremakhonon

FORTLEV

LA CITÉ IDÉALE

Tu es l'Amour substantiel l'Amour fait gîtes et couverts
La muraille ouverte où j'ai été réincarné en trouvère
Tu es la cité idéale

Tu es la matrice ultime celle qui les âmes en peine réconforte
L'enceinte où tous les regards se portent
Tu es la cité idéale

Tu es la ville polaire le centre de toutes les circonférences
Le lieu où les oiseaux tiennent conférence
Tu es la cité idéale

Tu es l'horizon où l'on moissonne les cieux après y avoir semé la lumière
Le domaine de celles et ceux qui seule la justice révère
Tu es la cité idéale

Tu fais naître dans tous les êtres cet amour qui en eux a toujours existé
Fais mourir avant qu'elle n'apparaisse cette haine en eux qui n'a jamais été
Tu es la cité idéale

Tu es l'Orient et l'Occident de tous les cœurs battants d'ici et d'ailleurs
Le dôme sous lequel l'amour n'a pas de couleur
Tu es la cité idéale

Tu es la contrée où l'on ne peut où l'on ne sait dire autre chose que je t'aime
Le lieu-tenant de l'Amour universel
Tu es la cité idéale

Tu tiens ta force formidable de ta faiblesse tire ta richesse phénoménale
de ton indigence
Le lieu-dit qui embrasse toutes les intelligences
Tu es la cité idéale

Tu es le bastion de la demande exaucée du pardon
L'acropole de l'ultime réconciliation
Tu es la cité idéale

Tu es bâtie sur ces fondations de lumière venues du plus profond des âges
Le salut pour celles et ceux qui savent lire les présages
Tu es la cité idéale

Tu es l'Amour substantiel l'Amour fait gîtes et couverts
La muraille ouverte où j'ai été réincarné en trouvère
Tu es MADAGH

Charles Baudelaire

Le Flambeau vivant

Ils marchent devant moi, ces Yeux pleins de lumières,
Qu'un Ange très savant a sans doute aimantés ;
Ils marchent, ces divins frères qui sont mes frères,
Secouant dans mes yeux leurs feux diamantés.

Me sauvant de tout piège et de tout péché grave,
Ils conduisent mes pas dans la route du Beau ;
Ils sont mes serviteurs et je suis leur esclave ;
Tout mon être obéit à ce vivant flambeau.

Charmants Yeux, vous brillez de la clarté mystique
Qu'ont les cierges brûlant en plein jour ; le soleil
Rougit, mais n'éteint pas leur flamme fantastique ;

Ils célèbrent la Mort, vous chantez le Réveil ;
Vous marchez en chantant le réveil de mon âme,
Astres dont nul soleil ne peut flétrir la flamme !

Double-page précédente **Charles Cordier** *Arabe d'El Aghouat en burnous* [1856] buste en bronze et onyx sur piédouche en porphyre des Vosges, 72,2 × 53 × 40,5 cm. Paris, musée d'Orsay

abc start here

YAHOO!
SONY
RICOH
DO NOT ENTER
RUN

FRÈRES MIGRANTS

LA MONDIALITÉ
Tu me dis, Hind, qu'il
matins ces violences
à gaz et à
par la
pprendre, on voit
avoir demandé, on
tendu l'oreille, et on
besoin qu'elle nous
surdétermine
sciences fait

PLEURER SA RACE

J'étais noir lorsque Lamartine a écrit être de la même couleur que moi
Je cite encore une fois ne vous en offusquez pas
« Sans aimer, sans haïr les drapeaux différents
Partout où l'homme souffre il me voit dans ses rangs »
J'étais noir quand de la ville lumière à celle qui ne dort pas
Dans des zoos tel des animaux des humains on exposa
Chronique d'homicides que l'indice pigmentaire origine
Dire que nous étions pharaons au bord du Nil
J'étais noir quand nos pères partirent à la guerre
Tirailler loin très loin de leur propre terre
Pour finir à poil sur un champ de bataille
Couché sur une future page amnésique d'un livre d'histoire
même pas en braille
J'étais noir et j'avais mal à l'homme comme René Char,
André Breton et Paul Éluard
L'âme balafrée à grands coups d'exposition coloniale
On est haï et puis on est aimé et puis on est ami et puis on est trahi
J'ai pleuré ma race y'a rien de fou
Ne suis-je pas un homme juste comme vous

Sometimes I feel like a motherless child

J'étais déjà noir moi quand Nougaro chanta Armstrong
Ceux qui pensent que cela fut avantageux se trompent
Je ne suis pas blanc je suis noir de peau
Et lorsqu'on veut chanter la nuance quel manque de pot
J'étais déjà noir dans les guerres qu'a connues cette contrée
Bouteille à la mer de l'histoire jetée
Sans papier quémandant l'égalité
Déconsidéré, assassiné dans un quelconque commissariat puis oublié
J'étais déjà noir et bouc émissaire d'un génie en crise
Ingénieux dans l'enseignement de la haine de soi comme devise
Qui donc divise à qui profite le crime
Parfait c'est un suicide
J'étais déjà noir et le suis encore et toujours dans cette galère
Mais qui donc veut me faire porter éternellement ces chaînes
Et pourquoi au lieu d'union m'impose-t-on tristesse
Demande toi belle jeunesse oui toi demande toi pourquoi Renoi
J'ai pleuré ma race de ouf moi ne suis-je pas un homme moi aussi
juste comme toi

Sometimes I feel like a motherless child

• • • Si la couleur de peau était un pays, le Noir et le Blanc seraient de simples départements de l'Humanité.
Lorsque l'estime de soi est rétablie, ne restent que des femmes et des hommes célébrant, reconnaissants, pardonnant et surtout aimants. ● ● ●

AUX
Imprimé en France 5-65

FRANTZ FANON
PEAU NOIRE
MASQUES BLANCS
PRÉFACE (1952) ET POSTFACE (1965)
DE FRANCIS JEANSON
COLLECTIONS ''ESPRIT''
la
condition humaine
DU SEUIL

PIANO
ROMÉO ET JULIETTE

LE PIANO DE GÉRARD JOUANNEST

Ton piano arpège un silence de glace
Depuis que tu as pris tes quartiers à Montparnasse
Je suis venu te dire au revoir avec Wallen
Mais j'ai fini juste par pleurer sur moi-même

Monde torpeur dans lequel en chœur on agite nos peurs
Sans même voir qu'on se leurre qu'on a toujours froid
à se vêtir de douleur
C'est ce que je me suis dit à suivre ce cortège
Pendant que résonnaient tes mélodies ritournelles

Ton piano boude comme un enfant Gérard
Depuis que tu as décidé de traîner à Montparnasse
On se sent tellement seul maintenant m'a soufflé Juliette
Regarde comme ceux qui t'aiment n'ont plus d'endroit
où poser la tête

C'est la guerre des Gaules tout le monde tire la gueule
Alors qu'on devrait d'égal à égal se voir
Comme ce cortège qui me console
Comme ces conseils qu'on se donnait d'homme à homme

Ton piano crève d'envie que tu l'embrasses
Depuis que tu crèches à Montparnasse
On est venus te convaincre de revenir avec Miossec
Mais tu nous as fait déguerpir aussi sec
Pourquoi donc naît-on tout seul
Si ce n'est pas pour finir ensemble
Pourquoi donc t'en es-tu allé tout seul
Alors qu'on s'était promis de rester ensemble

Ton piano s'asperge d'hélas
Depuis qu'il a compris que tu ne quitterais pas Montparnasse
Et aucune chanson d'Olivia Ruiz
Ne pourra faire danser ce cœur, ce cœur en ruine

Monde torpeur dans lequel en chœur on agite nos peurs
Sans même voir qu'on se leurre qu'on a toujours froid
        à se vêtir de douleur
C'est ce que je me suis dit à suivre ce cortège
Pendant que résonnaient tes mélodies ritournelles
Ton piano boude comme un enfant Gérard
Depuis que tu as décidé de traîner à Montparnasse
On se sent tellement seul maintenant m'a soufflé Juliette
Regarde comme ceux qui t'aiment n'ont plus d'endroit
        où poser leur tête

Charles Baudelaire

Élévation

Au-dessus des étangs, au-dessus des vallées,
Des montagnes, des bois, des nuages, des mers,
Par-delà le soleil, par-delà les éthers,
Par-delà les confins des sphères étoilées,

Mon esprit, tu te meus avec agilité,
Et, comme un bon nageur qui se pâme dans l'onde,
Tu sillonnes gaiement l'immensité profonde
Avec une indicible et mâle volupté.

Envole-toi bien loin de ces miasmes morbides ;
Va te purifier dans l'air supérieur,
Et bois, comme une pure et divine liqueur,
Le feu clair qui remplit les espaces limpides.

Derrière les ennuis et les vastes chagrins
Qui chargent de leur poids l'existence brumeuse,
Heureux celui qui peut d'une aile vigoureuse
S'élancer vers les champs lumineux et sereins ;

Celui dont les pensers, comme des alouettes,
Vers les cieux le matin prennent un libre essor,
– Qui plane sur la vie, et comprend sans effort
Le langage des fleurs et des choses muettes !

DÉLIEMENT

OLYMPIA

Édouard Manet *Olympia* [1863] huile sur toile, 130,5 × 191 cm. Paris, musée d'Orsay

• • • Je n'ai pas d'âge et je suis sans couleur.

Je suis un lieu baigné dans l'obscur de la lumière vive. Une plage au bord de laquelle s'échouent les maux et les plaisirs, après s'être unis aux souffrances et aux iniquités qui régissent notre planète convulsive.

Malade de cette part de réalisme revendiquée par ces bidonvilles changés en HLM, incapables d'empêcher ce dégoulinement de pisse, de sueur froide, de sang et de salive.

Peut-on faire jaillir la conscience de ce mal ? Peut-on extraire et rendre salutaire la beauté de ce péché cannibale ?

Mais les cœurs rachitiques s'évertuent vainement à saisir toute métaphysique, de leurs deux mains gauches grandes ouvertes et pourtant infirmes. Cœurs incapables de percevoir le sens littéralement initiatique des idées innombrables qui affichent une tonalité ésotérique. Et c'est cette tonalité ésotérique qui rend les profondeurs de ce sens initiatique non accessibles à tous. Or, faute de prendre en considération, voire de mépriser cette tonalité ésotérique, l'entendement même le plus basique ne pourra que partiellement *s'ouïr* alors qu'il est l'axe et le fondement de la clairvoyance, le lieu où s'articulent et s'homogénéisent toutes les disparités.
Les imprécations des prédicateurs de toutes obédiences se révèlent sans résonance puisque ces prêcheurs sont ignorants du mode d'expression symbolique de l'ésotérisme authentique. Aussi l'esthétisation de la violence, la métaphysique du mal ne sont-elles qu'artifices ou subterfuges de l'artiste, pour exposer

au grand jour sa clairvoyance de la décadence intrinsèque du monde actuel, du monde moderne.

L'état d'esprit du temps est instable. Et le rappeur qui est le Poète d'aujourd'hui, se confond avec le paradoxe, les incohérences, de l'époque qui font cohabiter le Ciel et l'Enfer, les ténèbres et la lumière. C'est le péché originel, absorbé pêle-mêle par toutes les confessions, qui sous-tend toutes les narrations, pornographise toutes les relations devenues synonymes de ce sadisme, qui rend accroc tel un *junkie* à l'acte violent et pervers-narcissise les gens en cyniques élégants.

Mais, l'Amour, qui est mort aux yeux de celles et ceux qui ont l'œil du cœur crevé, nous élève au-dessus de nos conditions, et n'oppose plus l'art à la passion, ni le rêve à la réalité. C'est la Quête. C'est l'Enfant qui est en soi que l'on cherche à réincarner. Et si ceux qui savent vivre l'instant ont toujours été rares, c'est que le présent pour la plupart, se confond avec ce lieu symbolique où l'homme fut déchu.
Cependant la déchéance s'avère élévation : c'est bien ici-bas que nous avons été faits lieu-tenants et réceptacles du Vivant. Ici-bas qu'il nous est donné à chaque instant de nous découvrir, porteurs permanents de l'ailleurs enchanté.
La poésie de l'heure est donc une mascarade si elle ne quitte pas, par les voies supérieures, la médiatique parade, en renouant le droit et le devoir de vérité au luxe, à la pure lumière, à la beauté. C'est la béatitude quand la passion poétique, comme nouveau dessein pour l'Europe, est incarnée par un rappeur afro-descendant. C'est le moment où cessent enfin les agitations pseudo-spirituelles de ceux qui se croyaient condamnés à vendre de la coke ou

du shit et de ceux qui, sans en avoir conscience, ont été dressés à se percevoir comme une élite.
C'est l'authentique Universel,
L'ouverture spirituelle,
Le moment irréversible, où tous les encéphales
Ne pourront plus jamais amalgamer couleur de peau et marqueur social.

PRODROME « JEUNE NOIR À L'ÉPÉE »

J'ai dix-neuf ans et je suis noir... 8

Dialogue avec Hans Ulrich Obrist Édouard Glissant 26

I. « ÉTUDE DE NÈGRE »

Bénédiction C. Baudelaire 30
Est-ce ce jeune homme noir... 33
République démocratique 40
Flagrant délire 44
Strasbourg, place de l'Étoile... 45
Le jeune Noir à l'épée 47
La Vie antérieure C. Baudelaire 49
Tirailleurs 60
Pour le jeune homme noir, poète à la pensée vagabonde... 61
Joseph 63
Le jeune homme noir, piteux... 65
La haine 66
Le jeune homme noir qui ne décolère pas... 68
Le Tonneau de la haine C. Baudelaire 69
Frère migrant (à Patrick Chamoiseau) 70
L'Homme et la mer C. Baudelaire 73
Regarde-le monde et L'Invitation au voyage C. Baudelaire 74
Plus d'un millier de personnes... 76
Les gens du voyage 84
Plus d'un millier de personnes... 88
Congo mon amour 89
L'on finit par innocenter... 91
Aimer 92

II. « LA DAME À L'ÉVENTAIL OU LA MAÎTRESSE DE BAUDELAIRE »

La Beauté C. Baudelaire 98
C'est sa mère, devant laquelle... 99
L'Ennemi C. Baudelaire 100
Le Poète se rend dans sa chambre... 110
La Corde C. Baudelaire 111
La vie d'ma mère 112
Et puis, dans les halls d'escalier... 114
Les rappeurs 115
La rue 117
Tunnel 119
La cité idéale 128
Le Flambeau vivant C. Baudelaire 132
Pleurer sa race 138
Si la couleur de peau... 139
Le piano de Gérard Jouannest 144
Élévation C. Baudelaire 146

DÉLIEMENT « OLYMPIA »

Je n'ai pas d'âge et je suis sans couleur... 150

Du même auteur

Qu'Allah bénisse la France,
Paris, Albin Michel, 2004
→ Prix Laurence Trân, 2005

La Guerre des banlieues n'aura pas lieu,
Paris, Le Cherche midi, 2009
→ Prix de littérature politique Edgar-Faure, 2010

Le Dernier Français,
Paris, Le Cherche midi, 2012

L'Islam au secours de la République,
Paris, Flammarion, 2013
→ Prix Spiritualité d'aujourd'hui, 2014

Place de la République,
Paris, Indigène éditions, 2015

Camus, l'art de la révolte,
Paris, Fayard, 2016

Coédition
Présence Africaine/
Musées d'Orsay et de l'Orangerie/
Flammarion

ISBN : 978-2-7087-0926-3

ISBN : 978-2-35433-280-8

ISBN : 978-2-0814-8726-0
N° d'édition : L.01EBUN000746

Graphisme : Prototype

Photogravure : Les Artisans du Regard

Achevé d'imprimer sur les presses de Graphius
à Gand en février 2019

Création littéraire
© Abd Al Malik

Tableaux
p. 6 et 148-149 : Photo © Musée d'Orsay, dist.
RMN-Grand Palais/Patrice Schmidt
p. 24-25 et p. 77 : © Boshra
p. 28-29 : © Bridgeman Images
p. 96-97 : © Museum of Fine Arts Budapest, 2018,
photo by Csanád Szesztay

Photographies
© Fabien Coste
sauf p. 82-83 : Archives Présence Africaine

Couvertures de livres photographiées :
p. 20-21 : © Galaade Éditions
p. 58-59 : © Ballantine Books
p. 80-81 : © Seuil
p. 86-87 : © J'ai lu
p. 106-107 gauche : © Le Livre de Poche
p. 106-107 centre : © 10/18
p. 106-107 droite : © Le Livre de Poche
p. 136-137 : © Seuil
p. 140-141 : © Seuil

Poèmes de Baudelaire
Charles Baudelaire, *Œuvres complètes*,
Paris, Gallimard, coll. « Bibliothèque de la Pléiade »,
vol. 1, 1980
Extraits de : *Les Fleurs du Mal* [1861],
Spleen et idéal :
« I. Bénédiction » p. 7,
« III. Élévation » p. 10, « X. L'Ennemi » p. 16,
« XII. La Vie antérieure » p. 17,
« XIV. L'Homme et la mer » p. 19,
« XVII. La Beauté » p. 21,
« XLIII. Le Flambeau vivant » p. 43,
« LXXIII. Le Tonneau de la haine » p. 71,
« LIII. L'Invitation au voyage » p. 53.
Extrait de *Le Spleen de Paris*
(Petits poèmes en prose) : « XXX. La Corde » p. 328.

Mattéo Falkone
Textes en italique pages 42, 47, 48, 60, 64, 85,
112, 113, 117, 119, 138

Wallen
Textes en italique page 93

Édouard Glissant
Extrait du dialogue avec Hans Ulrich Obrist,
modéré par Nicolas Truong.
Le Théâtre des idées – Festival d'Avignon, 2005

ABD AL MALIK

I. **PRÉLUDE – JUSTICE POUR ADAMA** 1'36
G. Jouannest

II. **LE JEUNE NOIR À L'ÉPÉE** 5'40
feat. Mattéo Falkone
R. Fayette Mikano –
F. Fayette Mikano/A. Fayette Mikano

III. **LA VIDA NEGRA (AQUARIUS)** 4'10
feat. Wallen & Mattéo Falkone
R. Fayette Mikano – N. Azzouz –
F. Fayette Mikano/A. Fayette Mikano

IV. **STRASBOURG** 2'57
feat. Gérard Jouannest
R. Fayette Mikano/G. Jouannest

V. **LES INVALIDES** 3'12
R. Fayette Mikano/A. Fayette Mikano

VI. **TO BE OR NOT TO BE** 4'54
feat. Wallen & Mattéo Falkone
R. Fayette Mikano – N. Azzouz –
F. Fayette Mikano/A. Fayette Mikano

V. **TIRAILLEURS** 2'25
feat. Mattéo Falkone
R. Fayette Mikano –
F. Fayette Mikano/A. Fayette Mikano

VIII. **LES GENS DU VOYAGE** 3'50
R. Fayette Mikano/G. Jouannest

IX. **EUX** 3'25
R. Fayette Mikano

Paroles & Musiques :
Abd Al Malik – Mattéo Falkone / Bilal Al Aswad

Éditions : BMG Rights Management France / DR
Sauf – « Prélude – Justice Pour Adama »

Musiques : Gérard Jouannest

Éditions : DR
Sauf – « La Vida Negra (Aquarius) » & « To be or not to be »

Paroles & Musiques :
Abd Al Malik – Mattéo Falkone – Wallen / Bilal Al Aswad

Éditions : BMG Rights Management France / DR
Sauf – « Les Gens Du Voyage »

Paroles & Musiques : Abd Al Malik / Gérard Jouannest

Éditions : BMG Rights Management France / DR
Sauf – « Eux »

Paroles : Abd Al Malik

Éditions : BMG Rights Management France

Enregistré par Cyrille Traclet
Mixé et masterisé par Scan X

Réalisé par Bilal Al Aswad

Production exécutive : Fabien Coste

SACEM SDRM

la culture avec la copie privée